행복한
명상카툰

행복한 명상카툰

글·그림_ 배종훈

담앤북스

머리말

　12년 전, 불교적 사유와 삶의 실천을 짧은 카툰으로 그려 보고 싶다는 생각을 처음 했습니다. 아마도 지금과 비슷한 때였던 것으로 기억합니다. 2월이었고 눈이 많이 내렸는데 친구와 함께 영주 부석사로 사찰 촬영 여행을 가기로 한 날이었습니다.

　눈길을 달려 도착한 새벽 부석사는 하얀 눈에 덮여 있었고 안양루 아래 계단을 올라 마주한 무량수전과 무량수전이 바라보는 산과 들, 그 확 트인 풍경은 어떤 만화를 그려야 할지 고심하던 제게 길을 보여 주는 순간이었습니다. 선(禪)의 세계에서 제가 이해하고 느낀 것을 최대한 쉽고 단순하게 표현해 보겠다는 마음 말입니다. 그것은 저의 작은 다짐이었고, 서원이기도 했습니다.

　그리고 돌아와 첫 명상 카툰 원고를 만들어 월간 〈불광〉의 문을 두드렸습니다. 당시 불교와 만화 양쪽 모두 신인에 해당하는 저에게 월간 〈불광〉의 남동화 편집장님은 연재 기회와 함께 힘을 주셨고 2003년 1월 〈불광〉에 '깨달음의 두레박' 연재를 시작한 이후 월간 〈맑은소리 맑은나라〉, 〈불교신문〉, 〈현대불교신문〉 등을 통해 제 선 카툰이 지금까지 많은 분들에게 소개되고 있습니다.

불교의 세계는 무한하게 금을 얻을 수 있는 거대한 광산입니다. 제가 지금까지 캐 낸 것은 작은 조각 몇 개일 뿐입니다. 그런데도 그 작은 조각은 확장되고 재생산되어 지금도 새롭게 태어나고 있습니다. 평생을 이 광산에서 금을 캐 낸다 해도 작은 주머니에 한 줌 담는 정도일 것입니다.

저는 스스로 독실한 불교신자나 수행자라고 말하지도, 생각지도 않습니다. 다만 선의 세계를 공부하고 실천하며 노력하여 알게 된 것을 나누려 할 뿐입니다. 작은 바람이 있다면 제 부족한 선 카툰이 많은 분들의 생활 속에서 더 멋진 모습으로 확장되어 밝게 빛나는 금이 되는 것입니다.

10여 년의 기록 중 좋은 작품을 모아 책으로 출간할 수 있도록 도와주신 담앤북스 오세룡 대표님과 이상근 주간님 그리고 담앤북스 출판사 모든 분들께 다시 한 번 감사드립니다.

2014년 2월
배 종 훈 드림

페이스북_ https://www.facebook.com/jh.bae.963
이메일_ bjh4372@hanmail.net

차례

01 하루하루

02 행복하기, 사랑하기

차례

03 성공하기, 비워내기

04 마음 수행

01

하루하루

삶의 신호등

퇴근길, 신호등에 한 번도 걸리지 않고
가는 날이 가끔 있습니다.
참 운이 좋은 날이죠. ^^
그러나 아파트 주차장에 도착해 보면
소름이 끼치기도 합니다.
내가 어떤 길을 지나왔는지
아무 기억도 나지 않아서입니다.

거침없이 쌩쌩 나아가는 것도 좋지만,
잠시 멈추어 가며 생각하는 것도 좋습니다.

우리 삶에도 신호등이 있습니다.
파란불이 켜져 거칠 것 없이 달릴 때도 있지만
빨간불이 들어오면 그 자리에 멈추어야 하지요.

그러다보니 누구든 자신의 삶에는 파란불만 켜지기를
바라게 됩니다. 하지만 생각해 보세요.

내 앞에 신호등이 파란색이면 누군가는 빨간불이라
갈 수가 없지요.

부처는 중생을 위해 평생을 빨간
신호등 앞에 서 있었지만 진리의
문에 도달했습니다.

삶이 화두

삶이 수행이고 화두입니다.
스스로에게 떳떳하고 성실한 삶을 사는 것도
참 힘든 일입니다.
수행 따로 생활 따로가 아니지요.

잘 죽는 방법

사람의 삶에서 가장 두려운 것은 죽음일 것입니다.
하지만 죽음을 계속 생각하며 사는 이는 없지요.
그래서 당장은 죽음에 대해 체감하는 공포 없이
영원하듯 사는 것이겠죠.
사람들은 내일을 예측하고 준비하며 살지만
그것 역시 사유의 순간에서만입니다.

결국 우리는 지금 이 순간에만 집중하고,
찰나에 최선을 다해 살고 있는 것입니다.

실수로 죽을 순 없지요. 잘 죽을 수 있도록 후회없이 사세요.

생각의 중도

사는 것은 항상 선택의 문제입니다.
결과와 상관없이
나중에 후회하는 선택이 아니면 충분합니다.
그런 선택이란 자신만의 관점에서
세상을 바라보지 않는 것입니다.

생각이 깊은 사람은 때론 생각이 너무 깊어
살피지 않아도 될 것에 이르고
어리석은 사람은 한 번만 더 생각하면
될 것을 생각하지 않는다.

으... 뭔가 심오한
뜻이 숨겨져 있을텐데
도무지 모르겠네.
이렇게 쉬울리가
없는데.

아, 모르겠다.
생각하는건 나랑
안 맞아. 머리
만 아프네.

내가
의지할 곳은

지나간 과거는 돌이킬 수 없다는 것을
우리는 잘 알고 있지만
돌아서면 금세 잊고 후회를 합니다.
'그때 다른 걸 선택했어야 했는데.
부모님 말씀을 들었어야 했는데….' 하면서요.
하지만 이것은 변명일 뿐입니다.

그 변명은 누구에게 하는 것인가요?

고객님, 이 어음은 부도 처리 되었습니다.

네? 부도요?

행복은행

난 왜 이렇게 되는 일이 없냐? 미치겠다고.

그래도 그럴지 이제 술은 그만 마셔. 가족도 생각해 야지.

그럼, 내가 아는 점술가라도 만나 보겠나?

그만 마셔.

네, 맞아요. 소문대로 대단하시네요. 제가 사업을 여러번 망쳤죠. 그럼, 앞으로 어때요?

카드를 골라요.

흐음... 재물의 신이 보이는군요. 곧 좋은 일이 생길 거예요.

어디보자... 동쪽에서 귀인이 나타난다니 운세가 확 트였네. 뭐든 해. 잘될거야. 암.

뭘 해야 재기할 수 있을까요?

촤악!

뭐야. 그럼, 지금까지 점보느라 그나마 있던 자금도 다 날린거야?

너 정신이 있냐 없냐?

그 사람들이 과거는 잘 맞히는데 미래는 두루뭉술하게만 말해서 말야...

마지막으로 딱 한 번만 더 보려고.

당연하지. 지난 과거야 변하지 않으니 점쟁이들이 어느 정도 맞히지. 하지만 미래는 본인의 의지로 만들어 가잖아. 그러니 누가 그걸 알겠어? 돈보다 시간이 아깝다. 아까워!

이제라도 정신차려!

1분 후도 모르는 자신의 삶, 누구에게 의지하려 합니까!

21

늘
한 방울 모자라게
산다면

우리는 자식에게, 친구에게, 후배에게, 연인에게
좋은 마음으로 조언을 하게 됩니다.
하지만 좋은 의미의 충고도 일정량을 넘어서면
잔소리가 됩니다. ^^

한 방울을 더하면 잔은 넘칩니다.
술이든 무엇이든 넘침과 족함은
하나 차이입니다.

가장
두려운 시간

자신에게 떳떳할 수 있다면
세상 어디에서도 누구 앞에서도
부끄러울 일이 없을 것입니다.

저는 혼자 있는 시간을 가장 두려워합니다.
내가 나를 속이지 않을까 걱정되거든요.

스스로에게 관대해지지 마세요.

바쁜데
화두는 무슨!

살다 보면 어떤 일에 매이는 순간이 있습니다.
돈에, 사랑에, 게임에, SNS에….
그것이 어떤 일에 대한 집중일 수도 있지만,
하나에 집중하느라
나머지를 다 놓치는 일인지도 모릅니다.

밥만 잘 먹어도
수행

멀티가 대세인 시대입니다.
이런 때 하나만 해선 성공하기도 힘들고
시간이 아깝다고 여길 수도 있습니다.
하지만 이것저것 손대고 늘어놓는 것이
멀티는 아닙니다.

서서 앉을 것을 생각하고,
눕기도 전에 일어날 일을 걱정하지 마세요.

숨이
닿지 않으면

단절은 곧 멈춤이고 죽음입니다.
가만히 자신의 숨을 들어 보세요.
세상 이치가 들릴 겁니다.

삶이란 숨이 잇고 이어 유지되는 것이다.
다음 숨으로 닿지 않으면 죽음이니
삶이란 얼마나 허망한가.

숨 쉬는 이 순간 최선을 다할 일이다.

얼음을
녹이는 방법

어떤 일이든 열심히 하여 경지에 다다르면
사람의 눈빛이 바뀌고
세상의 이치를 바로 보게 됩니다.

거울 청소

물감의 색을 계속 더하면 흑색이 되고,
빛의 색을 계속 더하면 백색이 됩니다.
백과 흑이 서로 닿지 않을 극에 있어 보이지만
그 극을 넘어서면 경계가 없습니다.

세상 살면서 어떤 것이 진짜인지 가짜인지
쉽게 구별하실 수 있으신가요?
자신이 세상 비춰보는 거울입니다.
남도 내 거울에 자신을 비춰보고 나도 그렇지요.

오늘 거울 청소 한 번 하시지요.

욕심 없는
마음

친구 중에 귀가 아주 얇은 녀석이 하나 있습니다.
이래서 저래서 좋다고 하면 몇 번이든 결정을 바꿉니다.
그런데 결정을 하고 난 후에는 만족하는 법이 없습니다.
늘 자신이 선택하지 않은 나머지를 아쉬워하죠.
그것은 무엇 때문일까요? ^^

3배로 늘려준다는 말에 속아 사기를 당했어요.

어쩌죠?

처사님 사정이 참 딱합니다만 사기를 당할 만 합니다.

네? 스님. 그게 무슨 서운한 말씀입니까?

욕심없는 마음으로 사기꾼의 말을 들으면 그 거짓이 금방 보이지요. 하지만 마음에 욕심을 품으면 거짓을 보지 못하니 무슨 말이든 믿지 않으시겠습니까?

혼자만
아는 것도
죄

모든 일은 최고점에 오르면 내리막길이 있습니다.
하지만 내려오지 않고 계속 오르는 방법이 있습니다.
최고의 경지에서 자신이 얻은 것을
활짝 열어 나누면 됩니다.
많은 부자들이 지탄받는 이유입니다.
나누는 것은 잃는 것이 아닙니다.

내
영정사진
앞에서

젊은 날에는 다른 이의 영정사진을 보며
자신의 삶과 죽음을 생각하지 않습니다.
하지만 시간이 흘러 나이를 먹고
거울 속 자신의 모습이나
미리 찍어 둔 영정사진을 보면 후회가 찾아옵니다.

지난 삶 앞에서 흐뭇하게
웃을 수 있기를 기대합니다.

자신의 영정사진 앞에서 웃을 수 있는 삶...

삶이 수행이지요

작은 암자에 홀로 계신 노스님을 보았습니다.

산에 혼자 계셔 힘드시겠습니다 했더니,
해야 할 일은 하기 싫어 힘들고
안될 일은 하고 싶어
괴롭다고 하십니다.

삶이 곧 수행이지요. ^^

좋은 스승

스님, 마음다스리기가 참 어렵습니다. 좋은 책이라도...

제 공부를 도와주실 훌륭한 스승님만 계시다면...

좋은 책, 훌륭한 스승을 가까이 두고 계시지 않습니까?

네? 어디요?

바로 스스로를 스승으로 부처로 생각하시면 됩니다. 내가 많은 사람들의 스승이고 부처라면 말 한마디, 행동 하나 어찌 소홀하겠습니까?

오래
묵혀 둔
생각

생각이 말이 되어 나옵니다.
성급한 생각은 오해의 말을 만들어
누군가에게 상처를 줍니다.
오늘 한 중요한 생각을 적어 병에 넣어 두었다가
며칠 뒤 꺼내어 다시 읽어 보세요.
여전히 그 생각이 옳다면 그 말도 옳을 것입니다.

오랜만에 친구의 집을 찾아 갔습니다.
서재 장식장에 술병이 가득하기에 물었습니다.

"오늘 좋은 술 한 잔 하는건가?"
"저건 술이 아니고 묵혀 둔 내 생각이야."

오래 묵어 좋은 것이 술 뿐이 아니지요.

널린 게
돌

외모가 중시되어 성형이 일상인 세상입니다.
하지만 세상 아무리 변해도
진심이 통하는 게 이치입니다.

세상, 바로 보고 계시나요?

망상 뽑기

나를 기다리는 것

우리는 삶에서 필연을 피하기 위해 일부러 다른 길을
선택하기도 합니다.
하지만 늘 그 길에서 나를 기다리고 있습니다.

마음이
어두운 사람

눈을 뜬 우리가
앞을 보지 못하는 사람보다
바로 보지 못할 때가 많습니다.
보이는 것에 미혹되기 때문입니다.

마음이 어두운 이는
모두의 눈에 보이는 것이 보이지 않는다 하고
아무에게도 보이지 않는 것이 보인다 한다.

바늘 하나
꽂을 자리

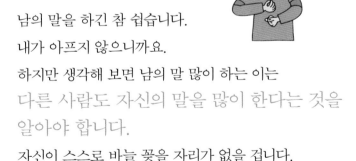

남의 말을 하긴 참 쉽습니다.
내가 아프지 않으니까요.
하지만 생각해 보면 남의 말 많이 하는 이는
다른 사람도 자신의 말을 많이 한다는 것을
알아야 합니다.
자신이 스스로 바늘 꽂을 자리가 없을 겁니다.

체증이 있어 내 손가락을 직접 바늘로 따려고 하니
그 작은 바늘 하나 꽂을 자리가 없어 보입니다.
얼마나 아플까 하는 생각 때문에요.
다른 이의 가슴엔 더 큰 바늘 무수히 꽂았을 내가...

아, 얼마나
아플까? 그냥
약 먹을까?

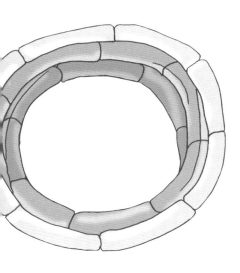

우물 밖
여행

소설 시점에 3인칭(작가) 시점이 있습니다.
자신을 자신이 쓰는 소설의 주인공처럼
3인칭 시점으로 관찰해 봅시다.

자신의 마음을 온전히 보지 못하는 것은 자신이 마음 안에 있기 때문입니다.

우리는 세상 속에 살고 있어 그 세상의 전체를 보지 못합니다. 세상 밖으로 나가야만 세상의 전체를 볼 수 있지요.

마음 또한 그러합니다. 자신을 벗어나 전체를 보십시요.

나를
풀어 주는
일

너무 좋아해서 관심이 가고, 돕고 싶고,
내가 다 해 주고 싶어질 수 있습니다.
그렇게 자신을 무엇인가에 엮고 나면
나중에 풀기도 어렵고, 풀 때 아프고 자국도 남습니다.

그렇다고 일에
무성의하게 임하라는 것이 아닙니다.
최선을 다하되 매이지 말라는 뜻이지요.

세상 일과 자신을 너무 단단히 묶으려 하지 마세요.
당기면 스스로 풀릴 만큼만...

내 안의 거울

마음을 거울처럼 만드세요.

슬픈 일은 슬픈대로, 기쁜 일은 기쁜대로 받아들이세요.

그리고 그것이 사라지면
또한 흘려보내세요.

언제나 현재

잘 생각해보면 우리에게 시간은

지나간 시간과 현재의 순간만 있습니다.

미래는 지금 주어진 순간을 산 결과로 주어지는

또 다른 현재입니다.

부처 되기
쉬워요

사는 일이 참 그렇습니다.
우리는 어떻게 하는 게 잘 사는 길이고,
바른 것인지 알고 있습니다.
하지만 그리 하기가 쉽지 않습니다.
'이게 아닌데….'라는 생각이 들거든
'그래, 다시 저 길로 가자.'라고 고치세요.

아끼고 저축하면 부자가 되고,

운동을 꾸준히 하면 건강해지고,

공부를 열심히 하면 성적이 오르고,

욕심을 버리고 만족을 알면 부처가 되지요.

이리보면 세상 잘 살기 참 쉬운데...

내가 서 있는 이유

주변엔 제 일을 방해하는 사람들뿐입니다. 그 인간들만 없으면...

허허허... 힘드시겠습니다. 그런데 이 볏단을 세울 수 있습니까?

네!?

볏단은 힘이 없어 혼자는 쓰러지죠. 이렇게 둘을 서로 기대면 쓰러지지 않지요.

허허허. 처사님 스스로 이미 답을 알고 계시네요. 내가 서 있는 이유가 누구 때문인지 이제 아셨죠? ^^

!

내가 있는 곳이 진리

가슴을 비워라

스승님, 사람들의 이야기를 많이 들으면 피곤하지 않으십니까?

전 다른 사람들의 걱정이나 고민거리를 조금만 들어도 머리가 아프고 피곤합니다.

다른 사람의 이야기를 제대로 들으려면 마음을 비워야 하느니라. 마음이 가득 채워져 있으면 더 이상 들어갈 틈이 없어 아프고 답답하지.

한 걸음 느리게

스님, 새해를 맞아 수행에 도움이 될만한 말씀 부탁드립니다.

항상 한 걸음 느리게 걸으세요. 그렇게 하시면 생각 너머의 생각을 하고, 물질 너머의 물질을 보게 될 겁니다.

내 주인은 바로 나

직장을 다니면서부터 삶은 출근, 퇴근, 출근, 퇴근,
또 출근... 그리고 중간 중간 야근이 채우고 있다는 생각이
들어 한숨이 나오기도 합니다.
하지만 자신의 삶을 단조롭게 하는 것은 회사가 아니라
바로 자신입니다.

참된 소통

우리가 누군가를 이해한다는 것은
그 사람의 행동을 한번 눈감아 주거나 봐주는
것이 아닙니다. 그 사람을 있는 그대로 보고,
느끼고, 인정하는 것입니다.

믿음

봅슬레이 경기 중에 코너를 도는 모습을 보면 선수들이
리더의 움직임에 맞춰 같은 방향으로 머리와 몸을 바꿉니다.
누군가를 믿는다는 것이 이러합니다. 의심없이 내 모든 것을
맡기고 함께하는 것! 이런 믿음을 갖고 계십니까?

무소유에 대하여

소유하지 않아도 갖게 되는 것이 있고
소유하고 있어도 내 것이지 못한 것이 있습니다.
그래서 세상살이 자체가 수행인가 봅니다.

무상함은 허망함이 아니지요

건강했던 친구가 갑자기 세상을 떠났습니다. 인생 무상이라더니... 돈이고 명예고 다 무슨 소용입니까?

아... 친구분 일은 안타깝습니다. 하지만 무상함은 허망함이 아닙니다. 고정된 상이 없이 계속 변화하는 것이지요. 세상에 난 것은 다 사라집니다. 그러니 모든 일에 사력을 다하세요.

02

행복하기,
사랑하기

빛과 어둠

늘 좋은 일만 생기길 바라지 마세요.

내가 밝은 곳에 서면 내가 만든 그림자에 서야 하는 사람이

있습니다.

우리가 함께 밝음과 어둠을 나누며 살아야 할 세상입니다.

마음의 주인이 모든 것의 주인

깨달음, 행복, 사랑, 만족…
이 모든 것을 밖에서 찾고 계시지 않나요?

자신이 이미 다 가지고 있는 것을
모르고 말입니다.

마음의 주인이 되세요.
그리하면 모든 것의 주인이 됩니다.

사는 일이 즐거워야 합니다

사는 일이 즐거워야 합니다. 지금 현재에 충실함이 최고의 공덕입니다.

부처님도 타인

아들 A/S 확실하게 해주세요.

엄마, 이번에 큰 거 한 방 터뜨릴테 니 돈 좀 줘.

엄마, 우리 큰서방이 너무 힘들어보여. 한 번만 더 밀어주라. 응?

엄만 별로 쓸 곳도 없잖우.

당뇨가 이렇게까지 진행되도록 뭘 하셨어요? 혈압도 높으시고...

엑! 당뇨?

전문의

그럴까? 정말 절에 가서 기도하면 좋아질까?

언니, 근심만 말고 함께 부처님 말씀 들으러 갑시다. 그 길이 살 길이우.

다 이 못난 에미 탓입니다. 굽어 살펴주시고 나무아미타불...

요즘은 건강이 어떠신지요? 보살님께선 참 지극하십니다.

혈색이 많이 좋아지셨습니다.

네, 스님. 진작 부처님을 믿을 걸 그랬나봐요. 다 부처님 덕이지요.

허허허. 그런데 잘못 알고 계시는 게 있네요. 불교는 부처님을 믿는 것이 아니라 그 말씀에 따라 스스로 부처가 되는 것이지요.

아~

부처님도 타인이지요. 결국 의지해야 할 것은 자기 자신과 진리입니다.

거울 안의
부처님 1

인터넷에 떠도는 재미있는 이야기 중에
남자는 화장실이나 욕실 거울에 비친 자신의 모습을
굉장히 멋있게 느낀답니다.
"훗, 이 정도면 누구에게든 훈남으로 보이겠지?
오늘은 내가 봐도 괜찮은 걸." 이렇게 말이죠.
참 알 수 없는 자신감이죠.

현실이야 무엇이든
남들이 자신을 그렇게 볼 거라 믿어 자신감이 생기고
다른 이들에게 미소를 지어
누군가를 기분 좋게 한다면
그것이 착각이라 해도 나쁘지 않을 것입니다.

내세를 위해 참지요

사랑한다 말하세요

사랑,
뒤집어도
사랑

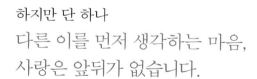

세상 모든 것은
양면을 가지고 있습니다.
아름다운 것 뒤에는
감수해야 할 불편함과 고통이 따르고
편리함 뒤에는
다른 사람의 어려움이나 환경오염이 있습니다.

하지만 단 하나
다른 이를 먼저 생각하는 마음,
사랑은 앞뒤가 없습니다.

사랑, 뒤집어도 사랑.

미운 사람을 위해 기도하세요

다른 사람을 미워하는 것은 결국 자신을 힘들게 하는 것이지요.

대가를 바라는 선행

대가를 바라는 도움은 선행이 아니며 은혜를 입고 있는 것도 악업이지요.

삶이 아름다운
이유

영화 〈어바웃 타임〉을 보면 주인공은
과거로 시간여행을 할 수 있는 능력이 있습니다.
자신의 실수나 사랑하는 사람의 실패,
아픔을 돌이키기 위해 과거로 돌아가
다른 선택을 통해 현재를 변화시킵니다.
그러면서 주인공은
현재의 삶을 즐기고 최선을 다하는 것이
곧 다가올 미래를 아름답게 결정짓는 것임을 깨닫고
과거로의 시간여행을 점차 줄여 나갑니다.

가장 아름다운 날은 바로 오늘입니다.
마음 한번 뒤집어 보세요.

단 1초도 예측할 수 없는 삶. 그래서 아름답습니다.

마음에 구멍을 뚫으세요

마음에 작은 구멍을 뚫어야겠습니다.
고인 물이 썩듯이 사랑도 그런가 봅니다.
사랑을 미움, 집착으로 썩히지 않으려면...

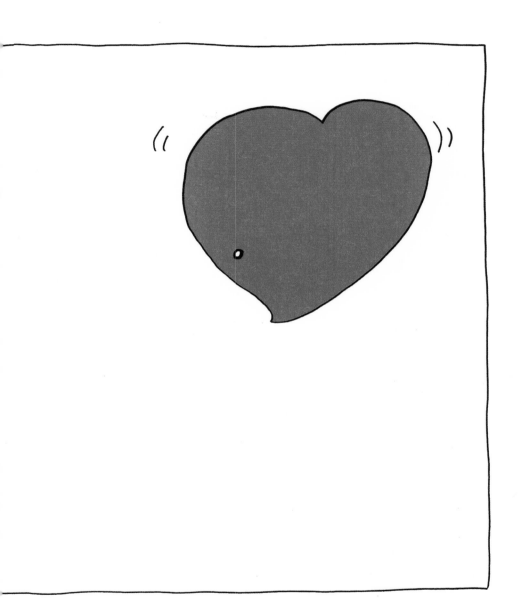

걸음을 멈추면

우리의 삶도 산을 오르는 것과 같습니다.
그런데 이토록 힘들게 오랜 시간 오른 산 정상은
어디일까요? 그곳에 행복이 있을까요?
서글프지만 정상은 죽음입니다.
우리 삶의 종착은 어찌됐건 죽음입니다.
그럼 언제 죽을지 모르는 이 고통의 삶을 무엇하러
고생하여 일하고 살아갑니까 하고 누군가 묻습니다.
그러나 우린 죽기 위해 살진 않습니다.
그 끝이 죽음이라는 것은
사유의 순간에만 인식될 뿐입니다.

내일은 확신할 수 없습니다.
그러기에 오늘 우리가 이렇게 즐겁게 살지요.
주어진 현재에 충실하고 이 순간에 행복하기 위해
열심히 사는 것입니다.

90

걸음을 멈추면 산을 오르지 못하듯 선업을 쌓는 일도 멈추지 마세요.

불행을 뒤집으세요

행복과 불행은 얇은 종이의 양면과 같습니다.
'불행'을 뒤집으면 '행복'이 있지요.

하지만 책임을 남에게 돌리고 집착을 버리지 못하면
'불행'을 뒤집는 것은 불가능할지 모릅니다.

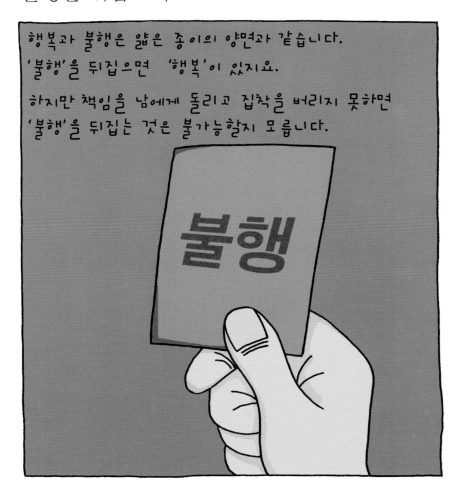

자신의 마음 안아 주기

세상의 모든 것은 **마음**에서 나와 마음으로 사라집니다.
복을 만드는 것도 마음, 죄를 만드는 것도 마음입니다.

특히 다른 사람의 죄를 녹이는 용서도 마음에서 옵니다.
다른 이를 용서하는 것은 결국 자신을 위한 마음입니다.
자신의 마음 안아주기, 그것이 **용서**입니다.

사라지는 것이 아름답다

아름다운 것은 그것이
영원하지 않고 사라지기 때문입니다.

있는 자리가 수행처

아직도 내 처지니 상황이니 그런 말씀 하시나요?

비워 내지 못하는 것

사랑하는 사람에게 오랜만에 편지를 썼습니다.
마음 속에 담아두었던 이야기를 꺼내 편지에 담았더니
마음이 텅 빈 것 같았습니다.
하지만 그 사람이 이 편지를 받고 미소지을 것을 생각하니
마음은 다시 충만해집니다.

역시 사랑은 비워낼 수 없나 봅니다.

행복을 찾겠다는 마음도 버리세요

자신이 믿는 것

쌀을 지고 굶고 계시네요

우리는 이미 깨달음을 갖추고 있는 부처입니다.

그것을 알든 모르든 본래 가지고 있는 것이지요.

이것은 쌀을 등에 지고 밥을 구하는 것과 같습니다.

오늘 자신 안에 든 진리에 눈을 뜨세요.

복이 쌓이고 있어요

스님, 사람 좋은 것도 정도가 있지요. 지금까지 든 보험이 20개를 넘어요. 보증을 서 달라고해도 거절이 없고 누구든 사정이 딱해 보이면 자기 심장이라도 내줄거예요. 우리집 양반 너무 하죠?

너무 걱정이...

그러니까 보살님 댁에 복이 쌓이는 걸 자랑하러 오셨군요.

허허허허

네?

여전히 겉돌고 있습니까?

최고의 라면 맛

제 기억에 가장 맛있었던 라면은 군대에서 겨울 혹한기 훈련 마지막날 행군을 마치고 쓰러져가는 비닐하우스에서 서서 먹었던 라면이었습니다. 아마도 그 순간 모든 것을 다 잊고 라면 맛을 느꼈기 때문이 아니었나 생각합니다.

우리는 앉으면서 일어설 것을 생각하고 잠들기 전 내일을 생각합니다.

지금 이 순간의 행복은 잊고, 올지 모를 내일의 행복을 생각하는 것, 우습지 않나요?

깨달음은 물 같은 것

깨달음은 물이나 공기같은 것입니다.

아, 그만큼 특별하고 중요한 것이라는 말씀이군요?

하하하. 아닙니다. 특별한 곳에서 찾을 필요 없다는 말씀입니다. 항상 같이 있는데 무엇을 얻거나 찾는단 말입니까?

행복은 절반의 물

바빠서
못하고
미루는 일들

사는 게 바빠 아이들과 동물원 한번 못 가고,
부모님께 안부 전화도 자주 못하고,
고교 동창의 첫 아이 돌잔치도 못 간다고
한숨을 쉽니다.

지금 못한다는 것들이 다 즐겁고 행복한 삶인데,
어떤 삶이 그리 바쁘신지요?

부처가 되는 것만큼 어려운 것

수행 자체가 삶

왜 내게 무슨 할말 있느냐?

아닙니다. 스승님, 그런데 이젠 연세도 있으신데 힘드시지 않으십니까?

난 괜찮다. 그래 너는 어떠냐? 힘드냐?

약간 힘들때도 있습니다. 하지만 내세를 위해서 참고 견디는 것 아니겠습니까? 하하.

이녀석, 그런 이유라면 당장 그만두어라. 수행 자체가 삶이 되어야지 예측할 수 없는 미래를 위해 그런 고생을 왜 하느냐?

자식 대학 보내는 절집

우리 막내 대학가야 하는데...

어머니 건강은?

남편 사업이 잘돼야 할텐데...

어느 절이 영험할까? 어디로 가야할까?

전에 들으니 강원도에 있는 절이 유명하다던데...

아이 대학에 한번에 붙여주시는 부처님이 어디였었더라?

이 많은 절 중에 어딜 가야 내 원이 이루어질까?

흐이구~ 힘들다.

우선 강원도에서 충북으로 갔다가 다시 전북으로 가야겠네.

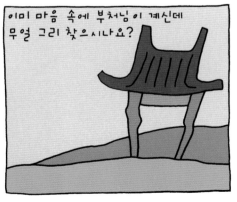

이미 마음 속에 부처님이 계신데 무얼 그리 찾으시나요?

행복한 눈이 내립니다

어떻게 하면 늘 행복할까요? 알려주세요.

오늘은 행복 이야기를 좀 할까요? 간단한 테스트가 있지요.

저기 눈내리는 걸 보면 행복하십니까?

음...글쎄요. 눈 내리는 건 아주 평범한 일이잖아요. 행복하진 않네요.

로또라도 터지든지 아들이 대학이라도 붙든지 해야죠. 그까짓 눈은...

저도요. 자연의 모습에 행복을 느끼는 건 산에 계시는 스님들이나 느끼시겠죠.

그렇습니까? 하지만 저런 사소한 일에 행복을 느끼지 못함은 마음에 욕심이 있기 때문입니다. 현재의 것, 있는 그대로의 행복이 최곱니다.

마음에 품은 칼

하압!

몸을 닦는 것도 수행인데 살기가 이토록 강하니 걱정입니다.

?

스님, 살기라니요? 사실 원수를 갚기위해 수련을 했으나 이젠 칼을 버렸습니다.

허허허. 그렇습니까? 허나 아직 제 눈엔 칼날이 보입니다.

그럴리가요? 자, 다시 보십시요. 칼을 버린지 오랩니다.

마음 속에 품은 칼은 아직도 날이 서 있네요. 그 칼을 버리지 못하면 자신이 먼저 상하게 됩니다.

!

적이 있어 내가 살지요

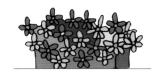

행복이
무거운가요?

우린 삶의 대부분의 시간을 일을 하며 보냅니다.
그 일은 행복하고 건강하게 살기 위한 노력입니다.
그런데 혹시 그 행복을
짐으로 여기고 있지는 않습니까?

나중에 행복해질까요?

공부를 열심히 하는 학생에게, 휴일도 없이 일하는 직장인에게 묻습니다. 무엇을 위해 그렇게 쉼없이 노력하는가라고요. 그럼 답은 나중에 행복하게 살기 위해서라고 합니다.

그런데 그 나중이 언제입니까?

행복을 오래 소유하세요

거울 안의 부처님 2

소유하지 말아라

소유하려 하지말자.

사랑하는 것,
멀리서 두고 보아야 더 잘 보이나니...

－아직은 달이 차가운 저녁, 지리산 둘레길에서...

03

성공하기, 비워내기

미운 사람의 뒷모습

오늘 길에서 우연히 평소 나를 미워하는
사람의 뒷모습을 보았습니다.
바늘로 찔러 피 한 방울 흘리지 않을 것 같던
그 사람도 외롭고 쓸쓸해 보이더군요.
그도 나처럼 행복하고 싶은, 잘 살고 싶은
인간인 것은 같은가 봅니다.

좋은 일도 과하면 병

요즘 눈은 어떠신가요? 좋아지셨죠? ^^

혈색이 좋아요.

네, 다 스님 덕이죠. 아, 여긴 사촌언니예요.

스님, 동생 얘길 듣고 이렇게 왔습니다.

속이 자주 아픈데 병원에서는 신경성이라고만 해요.

벌써 몇 년째 육식도 하지 않고 매일 경전을 읽어도 큰 차이가 없어요. 왜 그럴까요?

마음도 편한데 이유가 뭐죠?

허허허. 보살님 수행이 대단하십니다. 그러나 자신만 보는 건 아니신지요?

아니에요. 언니는 주변에 어려운 사람도 많이 돕는걸요?

얜 무슨...

마음이 넓어 주변사람들에게 음식을 나누어주시는 것은 좋지만 과도한 준비로 낭비도 많지 않으신가요?

아, 네, 제가 원래 손이 커서 음식을 많이 해요.

육식을 줄이고 채식을 하는 것은 매우 좋습니다. 하지만 좋은 음식도 넘쳐 버릴만큼 많이 하는 것은 옳지 않습니다. 그 말은 음식을 몸속에 버리셨으니...

아시겠습니까?

부끄럽습니다.

넘치는 것, 결국 자신을 병들게 하는 것이지요.

깜빡깜빡하는 이유

두 손에 물건을 쥐면 손을 쓸 수 없는 법이지요.

부자가 부처 되는 방법

스님, 부자는 절대 부처가 될 수 없습니까?

아니요, 많이 가졌기 때문에 부처가 되지 못하는게 아닙니다.

가진 것을 필요한 곳에 적절하게 쓰지 못하는 것이 문제지요. 오로지 갖기위해 소유하는 것을 경계해야 합니다. 모으고 모아도 내 것은 없습니다.

무념무상의 경지

계획만 최고

처사님, 기분이 좋아 보입니다. 좋은 일 있으세요?

아, 네. 승진도 하고 이런저런 올해 계획을 세웠더니 뿌듯합니다.

그래요? 누구든 꿈은 좋은 것이지요. 성취하시길 바랍니다.

들어보시겠습니까? 우선 일어를 마스터하고 해외연수 2회 이상, 그리고 대학원에...

계획은 너무 훌륭합니다만, 제겐 그냥 좋은 계획으로만 들리는군요. 모든 일은 실천이 우선입니다.

무심한 수행자의 마음

돌은 오랜시간동안 아름다운 보석을 품고 있습니다.
사람들은 그 돌을 부수어 보석을 끄집어 냅니다.
보석을 품은 공덕이 있는 돌은 쪼개지고 부서져도
무심합니다. 수행자의 마음이 그러하듯이 말입니다.

옷장 정리

봄을 맞아 옷장을 정리하다보니
유행이 지나 더 이상 입지 않는 옷이 가득합니다.
한 때는 정말 멋진 옷이었는데 이젠 꺼내기 창피합니다.

문득 현재 내가 아끼고 소중하게 여기는 것을 되돌아 봅니다.
순간의 욕망에 사로잡혀 시간이 지나면 허망해질 것을
붙잡고 있는 것은 아닌지 말입니다.

가장 멋진 삶

다른 사람들이 우러러보는 그런 삶을 살고 싶습니다. 그런 삶을 산다면 누구나 만족할테니 최고의 삶이겠죠?

허허허. 글쎄요. 그럼 처사님이 보시기에 제 삶은 어떤가요? 삶의 가치는 외적인 것에 있지 않습니다. 평범하고 보잘 것 없어 보여도 그 삶의 주인이 최고로 느끼면 가장 멋진 삶이지요.

늘 자신을 비우세요

진정한 얻음은 아무 것도 얻지 않고도 풍족함을 느끼는 것입니다.

늘 자신을 비워두세요.

최고의 부자란

눈에 보이는 재산은 주인이 없고 내 것이란 할 것은 내가 쌓은 업이지요.

만병의 근원

나는 좀 더 많은 땅과 재물을 얻길 빌었는데 자넨 어떤가?

응. 나도 풍요롭고 넉넉한 삶을 빌었다네.

아니, 뭐라고? 그게 무슨 소린가?

갑자기 쓰러지다니 무슨 일인가? 건강하던 사람이 이게...

허허허허. 이제 갈 때가 됐나 보이...

이 사람이... 무슨 소릴 그렇게 하는가? 응?

자넨 소문으로 들으니 좀 어렵다던데...

나야 뭐 그렇지. 요즘은 의술도 좋으니 곧 낫지 않겠나? 그렇지?

죽음 앞에선 재물도 소용이 없지. 재물과 땅이 늘어갈수록 근심이 커지고 병이 되었다네. 그런데 하나 궁금한게 있는데 자넨 예전에 무엇을 빌었는가?

너무 궁금해...

난 정신의 풍족함과 만족할 줄아는 마음을 얻길 빌었다네.

재물은 근심을 만드는 근원이고 근심은 병의 근원이지요.

135

마음 좀
덜어 내세요

오늘은 자신의 마음을 좀 열어 보세요.
무겁고 불필요한 것을 가득 안고 있어도
우리 마음은 쉽게 내려놓질 못합니다.
가끔씩은 털어 내고 가야 합니다.

불필요한 것을
갖지 않는
마음

길에서 나누어 주는 마우스패드를
공짜라는 이유로 두 개를 받았습니다.
한참 가다 보니 하나면 충분한 것을
괜한 욕심을 부렸구나 하는 생각이 듭니다.
미안하고 부끄럽습니다.

내 것을 늘리면 근심도 늘지요

내 것을 늘리는 것은 근심을 키우는 일입니다.

저승에 가져갈 수 있는 것

한 작은 산사에 평생을 수단과 방법을 가리지 않고 돈을 번 부자가 찾아왔습니다.

죽어서도 이 재물을 지킬 수 없을까요?

허허허. 눈에 보이는 재물이야 들고 갈 수 없지만 아무 것도 없이 가는 건 아니지요.

죽을 때 가져 갈 수 있는 게 있다고요?

그럼요. 자신이 살면서 지어온 업을 가지고 가지요. 처사님은 가져가실 게 많아 무겁겠습니다.

능동적인 살아 있는 만족

어제 스님이 말씀 하신 '어디서든 주인이 돼라.'는 무슨 뜻이죠?

자신이 현재 있는 자리에 만족하라는 말씀이지.

하지만 그건 같은 곳에 정체되는 게 아닐까 요? 계속 도전해야 죠?

물론이지. 여기서 만족은 게으른 만족이 아니라 내가 주인이 되는 능동 적인 살아있는 만족이지.

없음을 붙잡고

욕심의 무게

욕심이 담긴 마음은
크기가 아무리 작아도 가라앉고 맙니다.
그러나 욕심을 버린 마음은
세상을 다 담을 만큼 커도 무게가 없습니다.

실천만 하면 개도 부처

제가 올해 이 회사 7년차 인데 어떻게 이번에 승진이 가능할까요?

저기 누렁이도 올해로 절에 온지 7년입니다. 그런데 아직 부처가 못됐지요.

깽!

네? 에이, 스님도 참. 개가 부처가 되다니요? 농담이 지나치십니다.

농담이라뇨? 저 녀석이 매일 법문을 들으면서도 실천을 안 해 그렇지, 노력만 하면 부처가 되고도 남지요.

부처는 방법을 가르칠 뿐

아침부터 책을 읽고 대단하네. 근데 또 '성공' 관련 책?

그럼요. 이번엔 유명 경제인들의 성공담을 모은 책이죠. 저도 꼭 성공할거예요.

꼭! 반드시! 아자!!

다른 사람들의 이야기도 좋지만 나 같으면 작은 목표라도 세우고 시작하겠어. 방법은 방법일 뿐이잖아.

부처는 방법을 가르칠 뿐, 수행은 결국 자신이 하지요.

147

내려놓으면 편안해집니다

진정한 앎이란

넘어지는 게 세상의 이치

첫 마음이 끝 마음

마음도
다이어트 1

다이어트는 마음도 해야 합니다.
집착을 벗은 가벼운 마음,
정신을 건강하게 합니다.

우리 것만 있다

갈증 해소법

자신의 욕심을 채우는 일은 갈증이 날 때
소금물을 계속해서 마시는 것과 같습니다.
갈증은 더욱 심해질뿐 해소되지 않고,
결국 자신을 무너뜨리게 될 것입니다.

으아~
소금물!

현재를 소비하지 마세요

지금 이 순간에
충실한 삶을 살아야 한다고 합니다.
하지만 자꾸 뒤를 돌아보게 되지요.

돌아보는 이 시간,
소중한 지금을 소비하는 것입니다.

한번에 얻으면 한번에 잃는다

스님, 빨리 성공하려면 어찌 해야 할까요?

저도요. 숨쉴 틈 없이 달리고 있지만 눈에 띄는 결과가 없어요.

그렇습니까? 당장 손에 잡히는 결과가 없어 걱정이 되실 겁니다.

네, 맞아요. 뭔가 눈에 확 띄는게 있어야하는데...

한 번에 모든 것을 얻으려 하지 마세요. 그것은 한 번에 모든 것을 잃는 길입니다.

허망함을 느끼는 순간

헛생각

자, 그동안 고생 많았다. 마음 편하게 쉬었다 오너라. 제주도다.

흐음... 이건 분명 평범한 여행이 아니야. 뭔가 또 시험하시려는 것이겠지.

그래, 여행은 즐거웠느냐? 무엇을 보고, 무엇을 먹었느냐?

네, 매일 1만 8천보를 걷고, 스승님의 뜻을 생각했습니다. 제 마음을 들여다 보라는 여행임을 알았습니다.

허허. 아름다운 경치를 보라고 보냈더니 자신의 발 아래만 살피고 헛 생각만 하다가 왔구만.

내려놓음에 매이지 마세요

모두 벗고 모두 내려놓으라 합니다.
하지만 아직 숨이 붙어 있기에
그러지 못하겠습니다.

욕심을 마시면

스님, 전 지금까지 늘 아쉬운 것 없이 살아왔지만 마음이 편치 않습니다.

왜 그럴까요?

저를 따라 오시지요. 제가 그 이유를 알려드리지요. 자, 이리로...

헥~헥~ 아이고, 스님. 어디까지 가야 합니까?

네에. 거의 다 왔어요.

스님, 목이 탑니다. 물 좀 주세요.

이거라도 괜찮으시다면 드십시오.

으읍! 이건 소금물 아닙니까? 이걸 마시니 목이 더 탑니다.

퉤! 에~퉤!

그렇지요. 욕심을 계속 채우는 것은 소금물을 들이켜는 것과 같이 괴로움만 커지지요.

빈손이 아름답다

가난한 집에서 태어난 한 소년이 있었습니다.

난 이렇게 살고 싶지 않아. 세상 모든 것을 갖겠어.

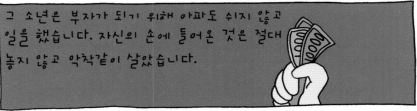

그 소년은 부자가 되기 위해 아파도 쉬지 않고 일을 했습니다. 자신의 손에 들어온 것은 절대 놓지 않고 악착같이 살았습니다.

백만장자의 꿈을 이루고도 그는 쉬지 않았습니다. 하나라도 더 갖기 위해 일했습니다.

내가 부자라고? 아직 멀었어!

하지만 이제 그는 늙고 병들었습니다. 병실에 누워 자신의 거친 손을 보다가 세상에서 가장 큰 것을 얻었습니다.

헛 것 잡고 있느라 너만 고생 했구나.

아무 것도 들지 않은 빈손이 가장 충만하다는 것을…

수행을 하면 자유를 얻지요

제일 좋은 것은 갖지 않는 것!

자연이 진리

자신에게 주어진 삶

어휴~ 나주임 한숨에 우리 사무실 무너지겠는데?

후~우~

남들처럼 사는게 힘들어서요. 누군 대학원을 다니고, 누군 새벽에 영어학원을 가고, 또 누군 뭘하고.... 이걸 다 하고 살아야 할까요?

나주임, 마음에 끌려가지 말고 마음의 주인이 되어야지. 사람은 주어진 삶이 각기 다 다른데 남들 눈치보면서 따라하려니 그렇게 힘들잖아. 자신의 삶을 살아가라고!!!

당신이 가는 길

당신이 가고 있는 길은
빠른 길입니까,
아니면
느리지만 탄탄한 길입니까?

최고의 경지

한 유명한 사진 작가가 평생을 투자해 얻어낸 경지는 '사진은 사람이 찍는다' 라는 평범한 것이었습니다.

하지만 이리저리 생각해 보아도 더 나은 답은 없었습니다.

도시의 수행

밤이 찾아와도 어둠을 모르고,

이른 새벽의 고요함을 알 수 없는 도시의 삶.

이곳에서 나를 닦는 삶을 꿈 꿉니다.

오늘도 살아가는 것이 수행입니다.

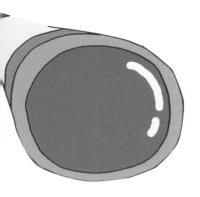

먼 곳을 보세요

망원경으로는 가까이 있는 것을 볼 수 없지요.
건강한 삶은 눈앞의 욕망을 얻어선 이룰 수 없지요.

당신이 봐야 할 가치는
더 넓고 먼 곳에 있습니다.

자신이 부처가 되어야 합니다

부처님을 믿는다 하니 스님이 그동안 헛공부만 했다고 하십니다. 그 말에 서운해 절을 내려오다 멀리서 들리는 범종소리에 마음이 크게 열립니다.

아, 스님…

댕~
댕~

부처님 가르침 따라
내가 부처가 되어야지요.

진정한 자유

자유롭게 살고 싶으시다고요?
그렇다면 외로움도 즐길 줄 알아야 합니다.

04

마음 수행

고통도
번뇌도
없는 삶이란

우린 가끔 행복하기만 한 삶, 즐겁게만 살 수 있다면,
슬픔이 없다면, 늘 웃을 수 있다면⋯,
이런 꿈을 꿉니다.
특히 힘든 일에 빠져 있을 때 더욱 간절해집니다.

다시 생각해 보세요.

고통, 절망, 슬픔, 좌절과 같은
쓴 열매가 없다면,
달다고 느낄 열매도 없다는 것을요.

진리는 쉽다

진리는 매우 평범합니다. 알면서 하지 않는 것이 문제지요.

부처처럼 앉아 있으면

역시 부처님 말씀이야.

흐음...

금강경

좋은 아침. 이야~ 출근시간에도 경을 읽고 대단한걸.

어? 부장님. 경이 어렵긴해도 읽어보면 맛이 깊더라고요.

흥흥흥흥흥.

3년째 꾸준히 경전을 읽는다며? 대단해. 열심히 익힌 공덕으로 나중에 좋겠어.

극락왕생하면 나도 잘 봐줘. ^^

아이고. 흐~우

하하. 이 정도 가지고 뭘요... 어?

할머니 제가 좀 들어드릴게요.

고마워.

미안, 미안. 아까 어디까지 이야기 했었지? 경전이야기였나?

부장님도 대단하시네요. 저런 모습 보면 지나치짐 않으시니...

출근길엔 바쁜데...

그런가? 내가 하나만 말할게. 부처님처럼 앉아있는다고 부처가 되는게 아닌 것처럼 읽기만해서 되진 않아.

((!))

아무리 좋은 말을 많이 알아도 한가지 바른 일을 행하는 것보다 못합니다.

공부는
쉽게, 쉽게

공부를 많이 하면
그것을 쉽게 만들 수 있어야 합니다.
그래야만 진정 자신이 이해한 지식이 되고,
다른 이에게 제대로 전할 수 있으니까요.

엄청난 변화 1

깨달음이나 진리를 얻는다는 것은
참 어려운 일입니다.
그로 인한 변화가
자신의 마음이 가벼워져서
삶이 자유로워지는 것이라면 어떤가요?
실망스러운가요?

하지만 그런 삶을 사는 것,
아무나 하지 못하지요.

온전한 나

스님, 수행을 혼자해야하는 까닭이 무엇인가요?

그것은 혼자일 때 온전한 자신을 만나기 때문이지요.

뜻이 맞는 사람과 함께하면 서로에게 자극을 주면서 더 정진할 수 있지 않을까요?

그럴까요? 우린 다른 사람과 있으면 남에게 보이는 나를 신경쓰느라 자신의 반만 있을 뿐입니다.

부처의 모습

스승님께서는 항상 모두가 부처님이라고 하시고 공경하시는데 제가 보기엔 잘 모르겠습니다.

허허허, 그래? 여기 떡이랑 과자가 보이느냐? 이것이 모양이나 냄새는 다르지만 모두 쌀로 만들어졌다는 것을 알지 않느냐? 그런데 부처의 모습을 모른단 말이야?

그림 속의 떡

500년 산삼 맛

많은 경전을 읽고 공부를 한 중년의 사나이가 찾아와...

도가 무엇입니까?

처사님, 500년 묵은 산삼 맛을 아시는지요?

산삼이요? 도를 물었는데 산삼이라니요? 먹어보지 못해 맛은 당연히 모르지요. 허~

무슨 소린지...??

그렇지요? 많은 공부로 알고 있는 것은 500년 묵은 산삼을 캔 것이지요. 그러나 그것을 몸소 행하지 않으면 산삼 맛은 아무리해도 알 수 없는 것이지요. ^^

말로 짓는 죄

엄청난 변화 2

구름을
묶어 두면

결정하는 것, 단정짓는 것은
구름이나 공기를 묶어 두는 것과 같습니다.
수행도 그렇습니다.
물처럼 구름처럼
끊임없이 흐르고 생기고 사라지는 지속입니다.
해결, 완결이 아닙니다.

각자의 길

수행자는 거울처럼

스승님, 수행자는 어떤 태도를 갖추어야 합니까?

수행자는 맑은 거울과 같이 몸가짐을 해야 한다.

아하, 거울처럼 세상을 밝게 비추란 말씀이군요?

으음... 그것도 틀린 말은 아니다만...

거울은 세상의 모든 모습을 비춰 보여주지. 그것이 추하든 아름답든 가리지 않아. 그리고 고유한 자신을 잃지도 않지.

!

그림 속의 사과

아는 것은 자신의 무지함을 깨닫는 것

날카로운 칼

도를 닦든 공부를 하든 그것은 자신을 날카로운 칼로 만드는 것입니다.

칼을 다스릴 마음 또한 갈아두지 않으면 분명 자신부터 다치게 될 것입니다.

바깥 공부는 이제 그만!

마음공부가 쉽지 않습니다. 말씀을 찾아 읽고, 배우고 하지만 끝이 없습니다.

처사님, 부처님 말씀을 많이 아는 인간 사전이 되고 싶습니까? 그게 아니면 바깥공부 그만하시고 자신이 본래 가진 것을 꺼내 살피세요.

수행의 방법은 수천 가지

스님, 경전을 읽고 사경을 하고, 참선을 하는 것 말고 좀 다른 방법은 없습니까?

수행의 방법이야 수천, 수만 가지가 있고 또 새로 만들 수도 있지요. 하지만 자신이 이 방편으로 얻고자 하는 것을 잊지 않아야 합니다. 그걸 잊으면 방편에 묶여 번뇌만 하나 늘지요.

월요병의 실체

깨달았다는 생각

있는 것이 없는 것이고, 없는 것이 곧 있는 것이라는 걸 이제 조금 알겠어요.

그래? 하지만 깨달았다고 생각하는 것도 결국 자신을 얽어매는 거야. 그것에서도 벗어나야지.

수행은 계단을 오르는 일

수행은 어찌해야 합니까? 막막합니다.

수행은 무수한 계단을 오르는 것이지.

아하, 계단을 오르듯 점차 높은 곳으로 상승하는군요.

허허허. 아니다. 그 계단은 끝이 없지. 하나를 오르나 백개의 계단을 오르나 변하는 것이 없음을 알아야해.

마음도 다이어트 2

수수께끼를 하나 낼까? 누구도 훔칠 수 없는게 무엇이냐?

흐음... 글쎄요. 마음인가요? 아닌데 그것도 훔칠 수 있나?

하하하. 그것은 네가 닦은 공덕이다. 그것을 누가 훔치겠느냐?

아하!! 맞습니다. 맞아요.

흐음... 하지만 역시 마음 닦는 일이 쉽지 않음을 말씀하시는거죠?

수행을 어렵다 생각하면 한 걸음도 못 걷는다. 마음을 가볍게 하거라.

청자 개밥그릇

수행은 어떤 마음가짐으로 해야합니까? 궁금합니다.

이 그릇은 보물급 청자다. 빛이 아주 곱지.

그런데 그 가치를 모르고 이걸 개밥그릇으로 쓴다면 이건 청자냐 그냥 개밥그릇이냐?

어리석은 사람이죠. 청자의 가치를 모를뿐 청자는 청자지요.

허허허. 이미 네가 수행의 자세를 알고 있지 않느냐? 스스로의 가치를 알고 그렇게 써야지.

수행은 하나만 하는 것

자전거를 타듯 살아요

인생길은 자전거를 타고 가는 것과 비슷하다.
어느 한 순간도 페달을 멈출 수 없다.
물론 가끔은 지치고 힘들어 페달을 멈추고
쉬기도 하지만 그것은 잠시일 뿐이다.

무엇에도 치우치지 않고 쓰러지지 않는 삶은
부단한 수행만이 만든다.

진리는 이미 있음을 아는 것

최고의 경지

돌부처가 되는 경지

전 오늘부터 좌선을 하겠습니다. 지켜봐 주세요.

오~ 대견하구나. 그래, 꼭 성과를 얻도록 해라.

수행 1주일째...

뭔가 느낌이 있느냐? 다리는 아프지 않으냐? 흐음...

다리에 감각이 없고... 이게 깨달음의 징조입니까? 몸이 굳는 것 같기도...

글쎄다. 그건 잘 모르겠지만 곧 돌부처가 될 것 같아 보이긴 하는구나.

마음으로 들어 올려라

살아 있는 부처

뾰족한 연필

뭉뚝해진 연필로 글을 쓰거나 그림을 그리면
섬세한 선을 만들 수 없습니다.
그러면 다시 그리거나 두루뭉술해진 선을 정리하기 위해
지우개로 지워야 하지요.

수행하는 사람의 정신이 이러해야 합니다.
언제나 곧고 바르게 쓰이도록 자신을 깎으세요.
뾰족한 연필처럼!

뾰족한 연필처럼!

못이 녹슬 듯

스님, 악한 행동의 근원은 어디서 생기는 것입니까?

그야 사람들 속에서 생겨나는 것이지요. 모든 원인은 안에 있지요.

그럼, 스님 말씀은 사람은 원래 악하다는 것입니까?

여기 못이 하나 있습니다. 습기에 노출해 그대로 두면 어찌 될까요?

하하하, 그거야 당연히 녹이 슬어 붉게 변하겠죠.

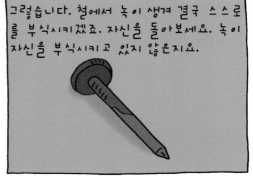

그렇습니다. 철에서 녹이 생겨 결국 스스로를 부식시키겠죠. 자신을 돌아보세요. 녹이 자신을 부식시키고 있지 않은지요.

핑계 없는 무덤

행복은 언제나 안에 있어요

부처가 얼어 죽겠다

초판 1쇄 발행 2014년 3월 4일

글·그림   배종훈
펴낸이   오세룡
주간   이상근
기획·편집   박성화 손미숙 최은영
디자인   최지혜 고혜정 윤지영
홍보 마케팅   문성빈

펴낸곳   담앤북스
서울특별시 종로구 사직로8길 34 (내수동) 경희궁의 아침 3단지 926호
대표전화 02)765-1251   전송 02)764-1251   전자우편 damnbooks@hanmail.net
출판등록 제300-2011-115호

ISBN 978-89-98946-13-5   03810

이 도서의 국립중앙도서관 출판시도서목록(CIP)은 서지정보유통지원시스템 홈페이지(http://seoji.nl.go.kr)와 국가자료
공동목록시스템(http://www.nl.go.kr/kolisnet)에서 이용하실 수 있습니다. (CIP제어번호 : CIP2014005322)」

정가 13,800원